Dokter Kwebbel

"Doe jij de vaat maar, Kwebbel," zegt Klus. "Ik voel me niet zo lekker. En jij hebt toch niets te doen, want jij hebt toch eigenlijk geen echt beroep zoals wij. Lui is postbode, ik klusjes-man en Plop herbergier." Kwebbel begint te huilen.

"Plopperdeplop, Klus, dat is niet lief. Kwebbel werkt even hard als wij. Bovendien helpt ze ons waar ze maar kan. Toen je laatst ziek was, heeft zij je verzorgd," zegt Plop. Kwebbel springt op en rent de melkherberg uit.

Plop, Lui en Klus weten niet goed wat ze moeten doen. Maar plots is Kwebbel er weer. "Ik ben vanaf nu kabouterdokter," zegt ze trots.

"Plopperdeplop, dat is een goed idee," zegt Plop. Maar Klus vindt het maar dom. "Er is toch niemand ziek, dus we hebben geen dokter nodig," lacht hij. "Doe jij de vaat maar !"

Klus moet zijn tong uitsteken en Kwebbel
voelt zijn pols. "Hmmm," zegt ze dan.
"Ik weet al wat er met jou scheelt.
Ik haal even in mijn paddestoel
een geweldig geneesmiddel
voor jou."

"Plopperdeplop, Klus, ik dacht dat jij dat gewoon zei omdat je de vaat niet zou moeten doen," zegt Plop. "Dat is ook zo," grinnikt Klus. "En nu Kwebbel denkt dat ik echt ziek ben, doet zij straks de vaat wel !"

"Komt er nog wat van ? Ben jij soms bang van een spuitje ?" vraagt Kwebbel terwijl ze met de spuit zwaait. "Euh neen, ik... ik ben toch de dapperste kabouter van het hele kabouterdorp," stottert Klus. "Maarre..."

Klus doet de vaat. "Kwebbeldekweb, jij doet dat zo traag. Weet je zeker dat je je wel goed voelt ?" vraagt Kwebbel. "Kijk maar, het gaat al vlugger," haast Klus zich.

Even later is de vaat gedaan. Klus ploft neer op een krukje. "Zal ik je dan nu dat spuitje geven ?" vraagt Kwebbel. "Nee, nee, nee," zegt Klus. "Kijk maar hoe fit ik ben. Weet je wat, Plopje, ik zal jouw melkherberg vegen."

De melkherberg is schoon. Klus is moe. En Kwebbel zwaait weer met haar spuitje… "Ik geef het op, Kwebbel," jammert Klus. "Ik deed maar alsof ik ziek was, zodat jij de vaat zou doen."

Dokter Kwebbel

Dit **PLOP**-boekje is een realisatie van

Tekst: Danny Verbiest, Gert Verhulst en Hans Bourlon

Tekeningen: Wim Swerts en Luc Van Asten

Inkleuringen en lay-out: Lighthouse Productions

Wettelijk depot: D/2009/8069/105
ISBN 978-90-5916-521-2 NUR 280